CATALOGUE

DE

TABLEAUX

DES DIVERSES ÉCOLES,

Composant le Cabinet de M. Pf.,

Artiste Peintre de Varsovie,

PAR

HORSIN DÉON,

Peintre, Restaurateur des Tableaux des Musées Impériaux, Membre
de la Société libre des Beaux-Arts, etc., etc.,

DONT LA VENTE AUX ENCHÈRES PUBLIQUES AURA LIEU

HOTEL DES COMMISSAIRES PRISEURS,

RUE DROUOT, 5,

Salle n° 1, au 1er étage,

Les Mercredi 12 et Jeudi 13 Avril 1854,

Par le ministère de Me **BONNEFONS DE LAVIALLE**,
Commissaire-Priseur, rue de Choiseul, 11.

———

EXPOSITION PUBLIQUE

Les ~~Dimanche 9,~~ Lundi 10 et Mardi 11 Avril 1854,
de midi à 5 heures.

PARIS

MAULDE & RENOU

IMPRIMEURS DE LA COMPAGNIE DES COMMISSAIRES-PRISEURS,
rue de Rivoli, 114.

3878

1854

CONDITIONS DE LA VENTE.

Expressément au comptant.

Les acquéreurs paieront cinq pour cent, en sus du prix des adjudications, applicables aux frais.

La belle collection que nous offrons au public,
a été formée en Pologne, au moment où la malheureuse révolution de ce pays, en bouleversant les fortunes, dispersait les nombreuses collections qui l'enrichissaient.

M. Pf., artiste peintre distingué, mu par l'amour de l'art, recueillit avidement, aux dépens de sa fortune, tous les chefs-d'œuvre qu'il croyait pouvoir conserver à sa patrie.

Pendant vingt ans cette collection fut pour l'artiste un sujet d'études constantes et de douces rêveries qu'inspire toujours ce qui porte le caractère de la perfection. Mais il est dans la vie des circonstances difficiles qui imposent des sacrifices dont on se croit souvent le moins capable. Ce moment est venu pour M. P. F. Les circonstances politiques, la guerre enfin, le forcent à se séparer des chefs d'œuvre qui faisaient son bonheur.

Un coup-d'œil rapide sur le Catalogue que nous présentons, suffira pour donner une idée de la valeur de cette collection, surtout quand nous affirmerons que la discussion pourra peut-être s'établir sur quelques attributions, mais jamais sur l'originalité des tableaux; et qu'en outre ils proviennent presque tous des galeries du comte de Chodkiewiez, du comte Pac Ossolinski, de l'illustre écrivain Niemawiez, et avant la révolution de celle du comte Sierakowski.

DÉSIGNATION

DES TABLEAUX.

ÉCOLE ITALIENNE.

ALLORI (Cristoforo)), de l'École florentine.

Mort à l'âge de quarante-quatre ans, en 1621, élève de son père Alessandro Allori (surnommé le Bronzin). Il ne suivit cependant pas sa manière. Le père et le fils vécurent pour cette raison dans une continuelle discorde. — Ses ouvrages sont très rares et assez estimés pour mériter de figurer parmi les chefs-d'œuvre qui garnissent la tribune de Florence.

1 — Saint Jean.

Nu jusqu'à la ceinture, il est assis sur un rocher, la tête penchée sur son petit agneau; il le caresse d'une main, tandis que d'un bras il le tient étroitement embrassé. Les qualités qui recommandent spécialement cette gracieuse peinture sont : une couleur agréable, une exécution soignée et un dessin exact.

ANDRE DEL SARTE (Andrea Vannucchi), de l'École florentine, élève de Pietro Cosimo.

Mort à l'âge de cinquante-deux ans, en 1530. La haute

renommée de cet artiste, les qualités éminentes qui le distinguent et le recommandent à tous les hommes de goût, justifient l'empressement avec lequel MM. les amateurs accueillent les œuvres de ce grand maître.

2 — Portrait du cardinal della Casa.

Il est debout, sa belle tête est couverte d'une barrette, sa barbe noire se détache en vigueur sur son collet et sur le surplis qu'il porte sous son camail. Ce camail et son manteau, qu'il tient relevé sous le bras gauche, sont drapés avec art et ampleur. Ils donnent à cette peinture un air tout-à-fait magistral.

Ce beau portrait ne passait pas seulement en Pologne et en Italie pour un ouvrage d'André del Sarte, on se plaisait, sans conteste, à le considérer comme une œuvre de Raphaël. A Florence, où M. Pf. fit d'abord transporter ce tableau, croyant que là étaient les seuls hommes capables de les mettre en état, les artistes les plus distingués, ceux mêmes dont les noms font autorité, l'ont accepté comme étant de cet illustre maître. C'est assez, je crois, faire l'éloge de ce tableau vraiment remarquable.

ANDRE DEL SARTE (École d').

3 — Sainte-Famille.

La Vierge tient l'Enfant Jésus sur ses génoux; saint Jean et trois anges les entourent. Charmante composition tout-à-fait dans le style du maître.

CARRACHE (Attribué à ANNIBAL).

4 — Un pèlerin.

CARRACHE (LUDOVICO-CARRACCI), de l'École bolonaise, élève de Prosper Fontana et de Dominique Passignani. Mort à l'âge de soixante-quatre ans, en 1619.

5 — Prométhée.

Il est renversé sur des roches, un vautour lui arrache les entrailles. Cette figure est d'un bel effet, mais ce qui distingue ce tableau, c'est l'art avec lequel la difficulté s'y trouve vaincue.

CARRACHE (ANTOINE), de l'École bolonaise, élève et fils naturel d'Augustin Carrache.

Mort à l'âge de trente-trois ans, en 1618.

6 — Bethsabée.

Contrairement à l'histoire, l'artiste l'a représentée s'occupant de sa toilette dans l'intérieur de ses appartements; au fond, par une fenêtre ouverte, on aperçoit David qui de son balcon l'observe attentivement.

CIGOLI (École de LUDOVICO CARDI DA).

7 — Tête de Christ.

8 — Madeleine.

CORRÉGE (ANTOINE), de l'École de Parme.

On ne sait pas précisément de qui il est élève. Il est mort à l'âge de quarante ans, en 1534. Tout dans la vie de ce grand artiste est mystère : sa pauvreté est une fable. On sait aussi qu'il a beaucoup produit, quoique mort jeune, et cependant on ne connaît qu'un très petit nombre de ses œuvres. Que sont-elles devenues? on l'ignore; cherchons-les donc, et si nous pensons les rencontrer, signalons-les sans craindre le sourire de l'incrédulité : en cette matière, la vérité naît de la discussion.

9 — Saint Jérôme.

Au milieu de la grotte de Bethléem, le savant docteur, nu, les genoux posés sur la terre, la poitrine fracassée, tombe épuisé, mourant; un ange le soutient, un autre étanche le sang de ses blessures. Quoique sans connaissance, le saint anachorète retient encore dans sa main droite la pierre, instrument de son supplice. Il prouve ainsi quel prix il attache à la miséricorde de Dieu, et par quel sacrifice il espère la mériter.

Ce tableau remarquable, très connu en Pologne, offre tous les caractères des peintures du grand maître de Parme. Son harmonie, la finesse de ses tons, la transparence de sa pâte, tout dénote dans cette peinture la main d'un grand maître et une originalité incontestable.

Nous ne savons donc quelle autre attribution pourrait lui être donnée, puisqu'aucun des imitateurs du Corrége, que nous sachions, ne l'a suivi dans cette manière.

10 — Baptême de Jésus.

Au milieu d'un beau paysage Notre Seigneur s'est avancé dans les eaux du Jourdain. Du haut des cieux, des Anges assistent à cette scène; d'autres Anges, rapprochés de Jésus, forment, en voltigeant, un groupe des plus gracieux. Le Sauveur est debout, les mains jointes, le corps et la tête un peu inclinés devant saint Jean qui lui verse l'eau sur la tête.

Ce tableau, qui est clair, d'une couleur brillante, est attribué au Corrége dans sa première manière. En effet, on remarque dans cette peinture la touche moelleuse, la transparence de ton et un certain goût qui rappelle le Parmesan, caractère qui se remarque quelquefois dans les premières œuvres du grand maître de Parme.

11 — Jupiter et Io.

Cette composition est trop connue pour que nous en

donnions la description. Nous ferons observer seulement que dans le tableau que nous offrons, on remarque des changements importants. Dans l'original, qui se voit à Sans-Souci, un arbre avec des branches couvertes de feuillage en garnit la gauche; d'autres arbres se remarquent dans le fond à droite et la disposition du nuage est toute autre; la tête du Jupiter en est complètement dégagée, etc., etc. Quelques repentirs existent dans notre tableau, et semblent justifier l'attribution qui lui est donnée. Depuis longues années il est considéré comme une des répétitions qu'a exécutées le Corrége d'après son œuvre. En effet, l'histoire rapporte qu'il l'a reproduite plusieurs fois, et on ne cite comme authentique que celle qu'a possédée M. le maréchal Soult. De plus, la gravure de Porporati est entièrement conforme à notre tableau. En Italie, à Florence, cette opinion a fait si peu de doutes que des artistes de distinction ont sollicité de leur gouvernement qu'il s'en rendît propriétaire.

Toutefois, en tout ce qui touche ce maître, nous ne rappelons que des faits, nous en remettant entièrement au goût éclairé des amateurs.

DOLCI (CARLO), de l'École florentine, élève de Jacques Vignall.

Ses tableaux, d'un fini précieux et d'une couleur brillante, sont des plus recherchés. Il est mort à l'âge de soixante-dix ans, en 1686.

12 — Sainte Cécile jouant de l'orgue.

Près d'elle est un ange dont elle accompagne les chants divins. Son âme ravie jouit déjà de la béatitude qui se peint sur cette charmante figure, dont l'expression inspirée est pleine de douceur angélique.

DU MÊME (Attribué à).

13 — Cléopâtre se donnant la mort.

Les amateurs admireront encore ici un brillant coloris, et surtout l'expression d'une douleur profonde, rendue avec une vérité saisissante.

14 — Madeleine pénitente.

Les regards fixés sur une tête de mort, les mains jointes, elle prie avec ferveur ; tout en elle annonce l'humilité et le repentir.

DOLCI (Agnès), de l'École florentine.

Elle suivit en tous points la manière de son père Carlo Dolci, dont elle est l'élève ; elle fut souvent son imitateur parfait.

15 — Portrait d'une gracieuse jeune fille.

Elle tient une colombe dans les mains.

DOMINIQUIN (Domenico Zampieri, dit le).

16 — Sainte Madeleine.

On remarque dans cette peinture des parties dignes du grand maître.

GIORDIANO (Le chevalier Luca, dit Luca fa Presto).

17 — Tête de saint Paul.

GIORGION (Giorgio Barbarelli, dit le), de l'École vénitienne, élève de Gio Bellini.

Mort à l'âge de trente-trois ans, en 1511. Ses ouvrages sont très rares : on y remarque une entente du clair-obscur admirable, une vie, un mouvement, une force de tons, une vigueur, qui placent cet artiste au premier rang.

18 — Portrait d'un noble Vénitien.

Beau buste avec mains.

GUERCHIN (Gio, Francesco, Barbieri, dit le), de l'École bolonaise, élève de Carrache.

Mort à l'âge de soixante-seize ans, en 1666. Sa réputation est grande de nos jours ; mais, de son temps, elle fut bien autre. Christine, reine de Suède, en passant à Bologne, lui prit la main, disant qu'elle voulait toucher une main qui produisait tant de belles choses.

19 — Vénus et l'Amour.

Assise à l'ombre d'une draperie rouge, la déesse de la beauté partage les jeux enfantins de l'Amour. Elle élève en l'air une colombe que le petit dieu cherche à saisir.

Une couleur suave, un effet mystérieux, ajoutent au piquant et complètent cette gracieuse composition.

20 — La Madeleine.

Presqu'étendue à terre, une tête de mort à son côté, elle est appuyée contre un quartier de rocher ; la sainte pénitente a les mains jointes : elle prie. Une draperie qui entoure son corps en laisse à nu la partie supérieure. L'ancienne pécheresse est demeurée immobile, pâle et penchée sur la terre : elle aura bientôt cessé de vivre, mais tout en elle annonce l'union de son âme avec Dieu.

21 — *Ecce Homo* (Demi figure).

Notre Seigneur a la tête couronnée d'épines, le sang ruisselle sur son front sacré, et ses bras sont serrés par d'indignes liens. A côté de lui, un homme aux formes basses, au visage ironique, lui met entre les mains un sceptre de roseau.

GUERCHIN (Attribué au).

22 — Esquisse.

Vénus, Mercure et l'Amour.

GUIDE (Guido Reni, dit le), de l'École bolonaise, élève de Denis Caloart et des Carrache.

Mort à l'âge de soixante-sept ans, en 1642. Ce maître est sans contredit un des plus grands peintres qui aient existé. Sa belle manière de peindre, large, ferme, moelleuse et facile, est vraiment séduisante.

23 — Renaud et Armide.

Le beau et invincible chevalier s'éveille : la magicienne qui l'a soumis par ses charmes, s'est déjà emparée de la lance redoutable du héros, et cherche à l'entraîner dans son palais enchanté.

Ce tableau, un des meilleurs du maître, d'un ton doux et clair, possède ce calme de la sensibilité qui touche, que l'on ressent, mais dont il est difficile d'exprimer les beautés.

24 — La Vierge.

Les mains croisées sur la poitrine, les regards élevés au ciel, la mère de Dieu est représentée à mi-corps enveloppée dans les plis d'un manteau bleu.

Le Guide se plaisait à peindre ces belles têtes de femmes les yeux levés vers le ciel. Tous les amateurs savent qu'elles ont été de tout temps les plus recherchées de ses œuvres, car personne mieux que lui n'a su répandre sur ces doux visages ce charme mortel qui peut tout obtenir du pouvoir divin.

25 — Le Sommeil.

Un enfant profondément endormi, la tête appuyée sur son bras droit, est étendu sur l'herbe. Autour de lui sont répandues çà et là des têtes de pavots. Cette peinture remarquable est exécutée du premier jet et toute d'inspiration. L'artiste admirera dans ce tableau la beauté de la couleur et la facilité de brossé.

20 — Saint Joseph.

Belle étude dans la manière vigoureuse que le Guide avait adoptée à l'imitation du Caravage.

27 — Christ en croix.

Sur une petite pierre de lapis, le Guide a représenté le supplice du Sauveur avec un sentiment, un esprit des plus remarquables.

GUIDE (Attribué au).

28 — Portrait de Clément XIV.

MARATTE (École du chevalier CARLO, dit le CARLO DELLE MADONE).

29 — Adoration des Mages.

PALME (GIACOMO PALMA, dit le JEUNE).

30 — Saint Jean.

PARMESAN (Style de FRANCESCO MAZZUOLI).

31 — Sainte Claire.

PENNI (JEAN-FRANÇOIS, dit IL FATTOR), de l'École florentine, élève de Raphaël.

Mort à l'âge de quarante ans, en 1528. Ce maître habile, en ami dévoué, a consacré tout son talent à la gloire de Raphaël. C'est lui et Jules Romain qui terminèrent les tableaux de leur illustre maître dans le palais du Belvédère, et, au Vatican, la salle de Constantin.

32 — Sainte-Famille.

Cette composition appartient à Raphaël, c'est la répétition de la Vierge au baldaquin qui se voit dans la galerie de Florence, mais ce tableau n'en est pas la copie servile;

des différences se remarquent, non seulement dans le dessin qui est tout autre, mais encore dans l'expression et dans l'effet qui n'ont rien de commun avec l'original. Si nous joignons à ces différences celles qui existent dans les fonds et dans les draperies, nous touchons presqu'à l'originalité. On sait combien l'extrême rareté des œuvres de ce maître les rend précieuses.

SALVATOR ROSA, de l'École napolitaine, élève de Francesco Francanzano et de Ribera.

Mort à l'âge de cinquante-huit ans, en 1673. Cet artiste distingué a su se créer une manière à lui ; il est original ; ses œuvres font époque. Peintre fougueux, chacune de ses touches exprime une pensée, une forme ; c'est là qu'échouent tous ses imitateurs.

33 — Saint François.

Les regards élevés au ciel, les yeux remplis de larmes, une tête de mort qu'il presse convulsivement dans les mains, le crucifix qui est posé devant lui, tout, en considérant cette énergique peinture, nous porte à méditer sur le néant de la vie, et la grandeur des fins de l'homme.

34 — Un Philosophe.

Il médite sur une tête de mort. L'étude a gravé sur son front l'habitude du travail, et sa barbe blanche ajoute à l'expression douce de sa physionomie.

35 — Massif d'arbres.

Très bonne étude terminée.

36 — Destruction de Sodome.

La ville maudite est en feu ; l'élément destructeur renverse tout ; hommes, palais, remparts ne seront bientôt plus que cendres. Telle est la volonté de Dieu. Loth et sa famille, seuls, de cette malheureuse population, trouvent grâce devant lui. Le patriarche fuit précipitamment entraînant ses filles à sa suite.

Cette scène terrible est rendue dans ce tableau avec une vérité saisissante.

TIEPOLO (Giovanni-Batista), de l'École vénitienne, élève de Lazarini.

Mort à l'âge de soixante-dix-sept ans, en 1770. Cet artiste est un des derniers hommes célèbres que la peinture ait produits en Italie. Il composait avec une facilité prodigieuse. On cite comme preuve de sa fécondité une composition, la Fuite en Égypte, qu'il a répétée vingt-huit fois sans jamais se rencontrer.

37 — Portrait de Nicolas Copernic.

Ce philosophe, habile astronome, est représenté le compas à la main, mesurant une sphère ; près de lui, sur une table, des livres, des papiers sur lesquels se voient tracées des figures géométriques.

TITIEN (Style de Tiziano Vecellio).

38 — Saint Jérôme dans sa grotte, méditant sur les Écritures.

TORELLI (Maestro), de l'École de Parme, élève du Corrége.

Il vivait en 1548. Cet artiste passe pour avoir exécuté, de concert avec Bondani, la fresque en clair-obscur qui est au couvent de Saint-Jean de Parme.

39 — Sainte Madeleine.

Agenouillée sur la terre, la sainte pénitente, les yeux élevés vers le ciel, les mains jointes, implore la clémence divine; près d'elle, sur un rocher, la croix; au fond, un riant paysage.

Ce tableau, peint dans la manière du Corrége auquel il était attribué, est d'une couleur brillante et d'un fini précieux.

VASARI (Giorgio), de l'École florentine.

Un Français lui donna les premières leçons (Guillaume de Marseilles), puis il devint l'élève d'André del Sarte et de Michel-Ange. Il est mort à l'âge de soixante-deux ans, en 1574. Ses tableaux de chevalet sont fort rares; car il employa toujours sa merveilleuse facilité à l'exécution de grands travaux, dont il a enrichi presque toutes les villes de l'Italie.

10 — Mise au tombeau.

Le corps inanimé de Notre Seigneur est prêt à être déposé dans le tombeau où il doit être enseveli. Nicodème, Joseph d'Arimathie et deux autres saints personnages, le soutiennent dans leurs bras. La tête du Christ retombe sur l'épaule de Joseph, ses membres reployés sur eux-mêmes comme dans l'état ordinaire du sommeil, semblent avoir conservé toute la souplesse de la vie; la pâleur seule trahit la présence de la mort. La Vierge et les saintes femmes assistent à ces tristes apprêts plongées dans la plus profonde affliction.

INCONNUS.

41 — Saint François.

Le saint pénitent est en contemplation devant la croix. Les mains croisées sur la poitrine, les yeux remplis de résignation et de larmes, il offre son âme tout entière à Dieu.

Cette peinture, d'une finesse de ton remarquable, d'une expression bien sentie, et d'un beau modelé, mérite une attention particulière des amateurs; nous la croyons l'œuvre d'un grand maître flamand étudiant en Italie.

42 — Portrait de Jules II.

Cette miniature à l'huile est en ce genre une œuvre hors ligne; son fini extrême ne diminue en rien la vigueur de sa couleur ni l'énergie de sa touche; c'est en un mot de la grande peinture dans un petit cadre.

43 — Sainte Famille (École florentine).

L'enfant Jésus est debout sur les genoux de sa mère : Saint Jean agenouillé reçoit sa bénédiction.

44 — Étude (École vénitienne), imitation de Rembrandt.

45 — Paysage (École bolonaise).

46 — Id.   id.

ÉCOLES FLAMANDE ET ALLEMANDE.

BOTH (JEAN, dit Both d'Italie), élève d'Abraham Bloëmaert. Mort à l'âge de quarante ans, en 1650.

47 — Paysage.

Il rappelle les sites les plus délicieux des montagnes de Rome et des Apennins à l'heure où bientôt le soleil va disparaître à l'horizon. Quelques accidents de terrain seuls sont encore dorés des rayons lumineux. Des paysans regagnent leur chaumière ou leur gîte, les uns à pied, les autres sur leurs mules.

Ce tableau est exécuté dans la manière que cet habile maître avait adoptée pendant un certain temps en Italie ; malheureusement il a un peu poussé au noir.

ECKHOUT (Gerbrant Van den), élève de Rembrandt.
Mort à l'âge de cinquante-trois ans, en 1674.

48 — Abraham.

Au moment d'obéir à Dieu, le patriarche s'est arrêté à la porte de la ville. Il congédie Sara sa femme. Isaac est près d'eux, chargé du bois qui doit servir au sacrifice.

Ce petit tableau est d'une couleur transparente ; il possède aussi une harmonie qui se rencontre rarement dans ce maître.

FRANK (François, dit le Jeune), élève de son père François Frank, dit le Vieux.
Mort à l'âge de soixante-deux ans, en 1642.

49 — Les Misères de la guerre.

HONTHORST (Gérard, dit Gerardo della Notte), élève d'Abraham Bloëmaert.
Mort à l'âge de soixante-dix ans, en 1662.

50 — Les Apprêts du souper.

Trois jeunes garçons font cuire un hareng sur un brasier dont la lueur les éclaire ; l'un d'eux active de son souffle l'ardeur du charbon.

Ce tableau, d'un effet piquant, est des meilleurs de ce maître.

HUYSMANS (CORNEILLE, dit HUYSMANS de MALINES), élève
de Jacques Van Artois.
Mort à l'âge de soixante-dix-neuf ans, en 1727.

51 — Site d'Italie.

Au bord d'un fleuve que l'œil suit vers un horizon loin-
tain est un tertre sur lequel s'élève un village pittoresque,
vivement éclairé par les rayons du soleil. A l'ombre de
beaux arbres, des barques de pêcheurs sont amarrées aux
terrains qui forment le premier plan de cette peinture, qui
est d'un effet très piquant.

MARCELIS (OTHO).
Mort à l'âge de soixante ans, en 1673.

52 — Étude.

Des broussailles, des herbes, des fleurs des champs et plusieurs papillons.

MOUCHERON (FRÉDÉRIC), élève de Jean Asselyn.
Mort à l'âge de cinquante-trois ans, en 1633.

53 — Paysage avec figures d'Adrien Van den Velde.

C'est un paysage montagneux enrichi de nombreux dé-
tails : des arbres, des rochers couronnés d'arbustes; un
sentier qui en parcourt les différents plans, est coupé par
une petite rivière sur laquelle un pont de bois est jeté, un
troupeau composé de vaches et de moutons va le traverser.

Ce tableau capital est une bonne production du maître.

POTTER (Paulus), élève de Potter, son père.
Mort à l'âge de vingt-neuf ans, en 1654.

54 — Têtes d'animaux.

Étude sous cinq aspects différents, d'une tête de veau. L'extrême rareté des œuvres de ce maître, la conscience qui les distingue, nous assurent que messieurs les amateurs accueilleront avec intérêt ce précieux souvenir de ce grand artiste.

POTTER (D'après).

55 — Bœufs dans une prairie (attribués à Cobel).

ROTTENHAMER (Jean), élève de Hans Thonaeur peintre de la cour de Bavière.
Mort à l'âge de trente-huit ans, en 1604.

56 — La Fête de la Vierge.

Dans le moment où la sainte Vierge et son divin fils reçoivent de légers présents de saint Joseph et de saint Jean, les anges descendent du séjour céleste, en chantant les louanges de la mère de Jésus.

RUBENS (Pierre-Paul), élève d'Otto Venius.
Mort à l'âge de soixante-trois ans, en 1640.

57 — Les quatre plus célèbres fleuves du monde.

Chaque fleuve est accompagné d'une naïade qui aide à caractériser la partie du monde à laquelle ils appartiennent.

SCHWARTZ (CHRISTOPHE).

Né à Ingolstadt vers l'an 1550 ; mort à Munich en 1594.

58 — Le Crucifiement.

Entre les deux larrons s'élève la croix du Sauveur. Madeleine agenouillée, les mains jointes, implore la miséricorde divine. La Sainte Vierge, qui occupe la gauche du tableau, est plongée dans la plus profonde affliction, mais résignée, elle élève les yeux au Ciel pour y puiser la force et la consolation. Les saintes femmes qui l'accompagnent prient et partagent sa douleur. De nombreux soldats, les uns à pied, les autres à cheval, parmi lesquels Hérode figure au premier plan, assistent à cette dernière scène de la rédemption. Des misérables jouent la robe de Notre Seigneur.

Ce tableau capital est d'un fini précieux.

SPRANGER (BARTHÉLEMI), élève de Jean Madin et de François Mostar.

Mort à l'âge de soixante-dix-neuf ans, en 1625.

59 — Vénus et l'Amour.

TERBURG (D'après GÉRARD).

60 — La Courtisane.

TORRENTIUS (JEAN).

Mort à l'âge de cinquante et un ans, en 1640.

61 — Diane surprise au bain par Actéon.

INCONNUS.

62 — Portrait, imitation de Rembrandt.

63 — Effet de lune, style de Van der Neer.

64 — L'Annonce aux bergers (Ecole alle-
    mande).

65 — Portrait d'une jeune dame (genre du
    chevalier Lély).

66 — Portrait de Marie-Thérèse d'Autriche.

67 — Portrait d'une dame.

ÉCOLE ESPAGNOLE.

MURILLO (Attribué à).

68 — Une jeune femme qui semble donner un
    ordre à un chien.

VELASQUEZ (Attribué à).

69 — Portrait d'homme d'une belle couleur ;
    la touche en est large, ferme et digne
    du maître auquel on le donne.

INCONNU.

70 — Un Pifferajo.

ÉCOLE FRANÇAISE.

GUASPRE DUGHET (dit le Poussin), élève de N. Poussin.

Mort à l'âge de soixante-deux ans, en 1613.

71 — Étude d'arbres (pendant du n° 35).

GELÉE (Attribué à CLAUDE, dit le LORRAIN).

72 — Vue de la villa Panfili.

POUSSIN (Attribué à NICOLAS).

73 — Loth et ses filles.

74 — Faune.

Il presse une grappe de raisins dans ses mains.

Une collection de deux cents dessins parmi lesquels on remarque des œuvres des plus grands maîtres, tels que Michel-Ange, Sébastien del Piombo, André del Sarte, Jules Romain, Léonard, K. Dujardin, P Potter, Rembrandt, Claude Lorrain, Van der Neer, N. Poussin, Rubens, Callot, etc., etc., fait aussi partie du cabinet de M. P. F. La vente en sera faite trois ou quatre jours après celle que nous annonçons.

3878 Maulde et Renou, Imprimeurs de la Compagnie des Commissaires-Priseurs,
rue de Rivoli, 114.